JN138202

皇太子殿下のお歌を仰ぐ

小柳左門

展転社

第42回全国育樹祭の行事に出席された
皇太子殿下と皇太子妃殿下
（平成30年11月17日）
写真提供：共同通信社

はじめに

平成三十一年（二〇一九）の今年、今上《きんじょう》天皇はご譲位になり、皇太子徳仁《なるひと》親王殿下が第百二十六代の天皇の御位をお継ぎになります。今秋にはご即位の式典をお挙げになりますが、この新たな「御代替わり」を、私たち国民は心からおよろこび申し上げたいと存じます。

皇太子殿下が真摯《しんし》に公務に携わられるとともに、いつも国民に親しく、またお心をこめて接してこられていることは、多くの国民が知るところです。殿下は皇位をお継ぎになることについて、前年の平成三十年（二〇一八）のお誕生日の記者会見でお言葉を述べられましたが、なかでも次のようなお言葉に胸を打たれる思いがしました。

「今上陛下が国民とともに歩んでこられたそのお姿をしっかりと心に刻み、心にとどめて研鑽《けんさん》にはげみたい」

「歴代の天皇が歩んでこられた道をたどり、国民と苦楽をともにしながら、国民の象徴とは何かを求め続けていきたい」

そして「皇室に長く続いた伝統を継承しながら、社会の変化に応じて天皇としての役割を果たしたい」と、そのご決意を述べられたのでした。

殿下は昭和三十五年（一九六〇）二月二十三日に、天皇皇后両陛下のご長男としてご生誕になり、ご即位の今年は五十九歳をお迎えになります。殿下の誠実なお人柄は、国民のよく知るところではありますが、そのお人柄やお心を直接おしのびすることのできるものに、殿下がお詠みになった和歌（短歌）があります。

皇太子殿下のお歌の特徴は、常に平易な言葉を用いて、ご覧になったこと、お心に感じられたことを、ありのままに、お詠みになっておられることです。したがってお歌の印象は、清く、明るく、そして大らかであり、読む人の心に自然にうちとけ、味わうほどに深い情趣が感じられてくるのです。

平易な言葉ですから、人々に素直に受け入れられていきますし、短歌に慣れていない人たちにも、よくお心が通じていくと思われます。このようなところにも、殿下が、常に国民とともにありたいと願っておられるお心を、仰ぐことができると思います。

さらに、殿下は短歌の基本の調律である五七五七七の三十一文字の伝統をきちんと守っておられ、それに従いながらお言葉を選んでおられますので、お歌は自然に美しい調べとなって、まるで歌を唄うように心に素直に染み入っていくのです。

ですから、殿下のお歌を読まれる方は、ぜひ声に出してゆっくりと味わっていただきたいと思います。繰り返し読むうちに、お歌の調べとともに、殿下のお心の深さがだんだんと感じられてくることでしょう。

殿下がお詠みになったお歌は相当数あると思われるのですが、本書では、新年に宮中で催される正月恒例の歌会始《うたかいはじめ》にお出しになったお歌三十八首、および明治神宮鎮座記念祭でのご献詠（明治神宮に奉られたお歌）になったお歌四首、計四十二首について、解説をさせていただきました。

歌会始とは、天皇陛下が年の始にお催しになるお歌会（宮中で催される歌会）です。歌会始にはお題があり、前年の歌会始のおりに翌年のお題が発表されます。一般国民はそのお題をもとに詠んだ短歌を詠進（宮中に差し出すこと）いたします。

歌会始の儀は皇居宮殿松の間で行なわれ、天皇皇后両陛下の御前で、選に預かった詠進歌、選者や特に召された方の歌、皇族方のお歌、皇后陛下のお歌、結びに天皇陛下のお歌（御製《ぎょせい》・大御歌《おおみうた》）が御披露されます。これらの歌は古式にのっとって悠然とした節回しで詠みあげられ、テレビでも中継されています。

殿下のお歌の解説をさせていただくことは、まことに身に余ることであり、また解説の行き届かないところもあるかと存じますが、お歌を通して殿下のお心をおしのび申し上げるのに少しでも読者の皆様にお手伝いできるならばありがたいことです。

皆様とともに天皇にご即位されます殿下のお心をしのび、その新しい御代の弥栄《いやさか》をお祈りしたいと存じます。

平成三十一年一月十六日　歌会始の日に

著者　しるす

目次

皇太子殿下のお歌を仰ぐ

カバーデザイン　古村奈々＋Zapping Studio

凡例

一、皇太子殿下の「歌会始」のお歌について

お歌は、宮内庁ホームページから載せさせていただきました。また平成十四年以降のお歌の解説については、同ホームページに掲載されたお歌の背景を参照しました。

一、ルビおよび仮名遣いについて

お歌のルビについては、宮内庁より発表されたものを掲載しましたが、それだけでは読者には読みづらいと思われましたので、著者の判断によってルビを追加しました。この際、読みやすさを考慮して、現代仮名遣いとしました。

皇太子殿下　歌会始のお歌

昭和五十六年（一九八一）◉御年二十歳

音

懸緒《かけお》断《た》つ音高らかに響きたり

二十歳《はたち》の門出我が前にあり

皇太子殿下は昭和三十五年（一九六〇）二月二十三日に、今上天皇の第一皇男子として御生誕になり、お名前は徳仁《なるひと》、御称号（御幼少時の呼び名）を浩宮《ひろのみや》と申し上げます。平成三年（一九九一）二月、「立太子の礼」の儀を経て公式に皇太子になられました。

昭和五十五年（一九八〇）、学習院大学ご在学中に二十歳の「成年式」をお迎えになりました。そのおりの「加冠《かかん》の儀《ぎ》」という儀式におけるご感慨を詠まれたのがこのお歌で、翌年の歌会始《うたかいはじめ》で発表されました。

「懸緒」とは、冠を結びとめるための緒（紐《ひも》）のことです。加冠の儀では、はじめ殿下は未成年の被《かぶ》り物である空頂黒幘《くうちょうこくさく》を被り、手に笏《しゃく》を持って皇居宮殿の広間へお入りになります。加冠役によって空頂黒幘が外されて燕尾纓《えんびのえい》の付いた冠が被せられます。冠には懸緒が付けられており、あごで結ばれますが、そのあとに、余った緒の両端が切り落とされます。

殿下は、その懸緒を「断つ音」が「高らかに」「響きたり」と、成年式を迎えた緊張の一瞬を力強くお詠みになり、二十歳の門出は「我が前にあり」と堂々とした表現で結ばれました。はずむようなお心の躍動としっかりと前を見つめて歩もうとされる清新なご決意が伝わってくるお歌です。

なお殿下の母君である皇后陛下美智子様は、当時、「二月二十三日浩宮の加冠の儀とどこほりなく終りて」という詞書《ことばが》き（和歌の前書き）の長歌（五七の繰り返しの末尾に七を置く和歌）をお詠《よ》みになりましたが、その反歌（長歌のあとに添える短歌）を次の一首で結ばれています。

音さやに懸緒《かけお》截《き》られし子の立てばはろけく遠しかの如月《きさらぎ》は

音もさやかに懸緒《かけお》が截《き》られて、すっくとお立ちになった殿下。その成長されたお姿をご覧になった母君が、ご誕生の日に思いを馳せられたお歌です。

「如月」は、殿下がお生まれになった二月のことです。

昭和五十七年（一九八二）◉御年二十一歳

橋

鼻栗《はなぐり》の瀬戸にかかりし橋望み

潮《しお》乗りこえし舟人《ふなびと》偲《しの》ぶ

鼻栗の瀬戸は、瀬戸内海の大三島《おおみしま》と伯方島《はかたじま》の間の約三百五十メートルの海峡で、潮の流れが速く瀬戸内海国立公園の白眉《はくび》とも言われています。

現在でこそ、〝瀬戸内しまなみ海道〟唯一のアーチ橋である大三島橋が架《か》かっていますが、激しい潮流が渦をまき、さらに進路が急カーブを描く瀬戸は、かつての船の航行にとっては最大の難所のひとつでした。ましてや奈良時代（八世紀）以前の昔から重要な航路であった瀬戸を、人力の舟で渡るのは至難の業《わざ》であったでしょう。

徳仁《なるひと》親王殿下は昭和五十六年（一九八一）、瀬戸内《せとうち》の旅をなさった折に鼻栗の瀬戸をのぞむ展望台に立たれました。その展望台には現在、殿下のお歌を刻む歌碑《かひ》が建立されています。

殿下は学習院大学ご在学中の研究として、中世の瀬戸内海の水運を題材に選ばれ、さらにイギリス留学中に、テムズ河の水運のご研究をなさいました。以後にわたっても、殿下は水がいかに人々の生活と結びついているかを実地に視察され、「世界水フォーラム」の名誉総裁として、その成果を活かし、たびたび御講演をされています。

鼻栗の瀬戸はたんなる風光明媚《ふうこうめいび》の対象ではなく、長い歴史の間にはおそらく多くの舟人がこの瀬戸で遭難したことでしょう。今ではその上に立派な橋が架けられています。殿下はその幸を思いつつ、かつての人々の労苦を胸のうちに偲んでおられるのです。

昭和五十八年（一九八三）◉御年二十二歳

島

雲間よりしののめの光さしくれば
瀬戸の島々浮き出でにけり

殿下は昭和五十七年（一九八二）に続いて、瀬戸の旅の思い出をお歌に詠まれました。

「しののめ」は、夜明け前に東の空が明るみはじめるころのことを指す大和言葉《やまとことば》です。東の空にたなびく雲間から朝日の光が差し初《そ》めて、空は茜色《あかねいろ》に染まっていく。すると今まで夜の闇《やみ》に沈んでいた瀬戸内海の島々がうっすらとその姿を見せはじめ、やがて海の上に浮き出てくるのです。

さまざまな形をなす遠近《おちこち》の美しい島々が、海上に徐々にその姿をあらわす、時間と空間のひろがりを感じる壮大なお歌です。

簡素な言葉でご覧になったことをそのままに詠んでおられるのですが、それだけに情景が目に浮かぶようですし、夜明けの瀬戸内海の情景が荘厳で神秘的にさえ感じられます。

飛鳥時代の名歌人である柿本人麻呂《かきのもとのひとまろ》は、筑紫の国（現在の福岡県）に向かうため瀬戸内海を舟で渡るおりに、

大君《おおきみ》の遠《とお》の朝廷《みかど》とあり通《かよ》ふ島門《しまと》を見れば神代《かみよ》し思《おも》ほゆ

との歌をのこしました。「大君の遠の朝廷」とは、当時九州を治める政庁があった大宰府《だざいふ》を指します。「あり通う」は船が連なって行くさまでしょう。人麻呂は瀬戸内海の島と島とのあいだを通って行きながら、その情景を船上からながめつつ、おのずから神代が思われてくると、その感動を詠み上げました。

イザナギ、イザナミの命《みこと》の「男女二神」によって日本《やまと》の大八島《おおやしま》が誕生する「国生み」の神話そのものの世界が、この殿下のお歌によってもまたよみがえるようです。

昭和五十九年（一九八四）◉御年二十三歳

緑

みはるかす牧場《まきば》の緑冬萌《も》えて
遠く聞え来《く》チャペルの鐘は

殿下は、昭和五十八年(一九八三)から昭和六十年にかけて英国オックスフォード大学のマートン・コレッジに留学されました。英国留学のご経験は、殿下にとって西欧の文化にじかにふれることのできる貴重なご体験であったと思われます。

マートン・コレッジにおける殿下の寄宿舎のすぐそばには、緑の絨毯《じゅうたん》を敷きつめたような牧場が広がっていたとのことですが、このお歌はその日常のご体験をもとに、お詠みになったものと拝察されます。

「みはるかす」とは、はるか遠くまで見わたすさまですが、広大な牧場の前に殿下はお立ちになったのでしょう。季節は冬であるのに、牧場には春にさきがけて緑の草が萌えている。草の命をはぐくむ広々とした風景をご覧になっていると、遠くからチャペルの鐘の音が響いてくる。

凜《りん》として澄みきった空気の中で、高い鐘の音が広い牧場に鳴りわたる、その音《ね》も聞こえてくるような爽やかなお歌です。

このお歌から思い出されるのは、文部省唱歌「牧場の朝」です。

ただ一面に立ちこめた　牧場の朝の霧の海　ポプラ並木のうっすりと
黒い底から勇ましく　鐘が鳴る鳴る　かんかんと

子供のころによく歌った唱歌ですが、殿下のお歌と「牧場の朝」の遠景とが重なってくるようです。

留学中にご覧になった外国の風景、日本とは異なるその風土や文化にも興味と愛情を寄せつつ、外国との交流を心がけていらっしゃる殿下のお心が感じられるお歌です。

昭和六十年（一九八五）◉御年二十四歳

旅

フランスの旅路に眺むるアルプスに
故郷《ふるさと》の山なつかしく思ふ

このお歌は、殿下が昭和五十八年（一九八三）、英国留学中にフランスに旅をなさったおりの感慨を詠まれたものです。「旅路に眺むる」とありますので、おそらく鉄道列車、あるいは車中から遠くに連なるアルプスの山脈をご覧になったのではと思われます。

殿下はお若いときから登山に興味をお持ちで、皇太子になられてからも、関東の山々を中心に日本中のいくつもの名山を登攀《とうはん》されています。とても健脚でいらして、他の人たちが一緒についていくのはたいへんだとお聞きしています。日本アルプスへの登山もいくたびも試みられていますが、ヨーロッパのアルプスをのぞみながら、故国である日本の山々をなつかしく思い出されたのでした。留学のためにしばらく日本を離れて異国の地を旅しながら、故国への郷愁を抱かれたことでしょう。

昭和天皇は昭和四十七年（一九七二）、ヨーロッパをご訪問になったあとの歌会始に、「山」のお題で、

ヨーロッパの空はろばろととびにけりアルプスの峰は雲の上に見て

との御製を発表されましたが、空の上から、雪をいただくアルプスの峰が雲の上にまでそびえている姿を、よろこんでご覧になったのでしょう。

ご祖父様でいらっしゃる昭和天皇と、そのお孫の殿下はよく語り合っておられたようですが、ヨーロッパアルプスの楽しい思い出がこれらのお歌によって通い合うようです。

昭和六十一年（一九八六）◉御年二十五歳

水

オール手に艇競《ていきそ》ひ行く若人《わこうど》の
影ゆれ映るテムズの水に

殿下が留学された英国のオックスフォード大学のボート部は強豪として有名ですが、毎年春になると、同じく英国のケンブリッジ大学との定期戦がテムズ川で行なわれてにぎわうとのことです。

殿下のご著書である『テムズとともに――英国の二年間』（学習院教養新書）によれば、この定期戦は一八二九年に第一回が開かれ、以来今日まで引き継がれた伝統のレースだそうです。

殿下は一九八四年（昭和五十九）の三月のレースを船上から観戦されましたが、「川岸は見物人で埋め尽くされ、三十分にも及ぶレースのあいだ、歓声は途切れることがなかった」と、その盛況ぶりを書いておられます。

殿下はこの伝統の一戦を歌に詠まれたのでしょう。

若人たちがボートを競っていっせいにオールを漕《こ》いでぐんぐんと進んでいく。

テムズ川の水面に、その影が映って揺れている。テムズ川は一世紀半の時を超えて、伝統の競技の影を映し続けてきた、そのことも偲ばれるようなお歌です。

先のご著書によれば、殿下は一度でいいからぜひテムズ川でボートを漕いでみたいと思われ、ボート部の主将にアプローチされたところ、すぐに承諾してくれてボート練習に参加されました。

ボートの扱い方を殿下に教えてくれた女子学生のたくましさなどを、ユーモアを交えて書いておられますが、「テムズ川をボートで進むのは実に心地よい」と、楽しかった思い出を回想されています。

昭和六十二年（一九八七）◉御年二十六歳

木

すこやかに伸びゆきてあれ子供らと
桜の若木植ゑつつ願ふ

緑豊かな国づくりは国民みなの願いですが、全国緑化行事が始まったのは昭和九年（一九三四）のことでした。昭和天皇は、第二次世界大戦後すぐに森づくりの大切さをお示しになり、第一回の全国植樹行事（のちの「全国植樹祭」）が昭和二十五年（一九五〇）に始まり、天皇皇后両陛下は手ずから樹木をお植えになりました。

さらに昭和五十二年（一九七七）からは「全国育樹祭」が始められました。育樹祭とは、天皇皇后両陛下が植樹祭でお手植えになり、成長した木々のお手入れを、皇太子同妃両殿下がなさるもので、現在に受け継がれています。

昭和六十一年（一九八六）には全国植樹祭が大阪府堺市で、全国育樹祭は宮崎県小林市で開催されました。さらにこの年には「二十一世紀の森林づくり委員会」による国民参加の提言がなされた年ともなりました。

殿下がこのお歌に詠まれた植樹の時と場所は明らかではありませんが、子供たちと桜の若木を植えながら、すこやかに伸びてゆく桜とともに、子供たちの成長をも願っておられるお心を拝察することができます。

今上天皇は平成十三年（二〇〇一）春、淡路島における植樹祭で、平成七年（一九九五）の阪神淡路大震災の被害を受けたあとにこの島で生まれた子供たちとともに、空に伸びて行く泰山木《たいさんぼく》を植えられ、

園児《えんじ》らとたいさんぼくを植ゑにけり地震《なゐ》ゆりし島の春ふかみつつ

とお詠みになりました。子供たちを見つめられる陛下、そして殿下につながる、優しいまなざしに心を打たれます。

昭和六十三年(一九八八)◉御年二十七歳

車

お木曳《きひき》の車の音色《ねいろ》高らかに
響きわたりぬ初夏の伊勢路《いせじ》に

伊勢神宮は、皇室のご祖先である天照大御神をはじめとする神々をお祀《まつ》りし、国民の崇敬を集めています。

神宮では二十年に一度、宮地《みやどころ》を改め社殿などもすべて一新しますが、これを式年遷宮《しきねんせんぐう》といいます。千三百年もの歴史を持つ式年遷宮ですが、遷宮祭の八年前から神事が始められ、遷宮のためのご用材を神宮の域内に運搬する「お木曳《きひき》き」の行事が、御遷宮の七年前と六年前に約二週間にわたって行なわれます。

平成五年（一九九三）の第六十一回のご遷宮のときには、六年前の昭和六十二年（一九八七）五月末、神宮ご参拝と遷宮準備のご視察のために伊勢をご訪問なさった殿下が、伊勢の市民らとともにお木曳きの行事に参加されました。

檜《ひのき》などの大木をお木曳き車にのせ、多くの人々が連なって真白の長大な縄を手に、エンヤーエンヤーの掛け声をかけながら曳いていく、その勇壮な行事の中で、力強く、高らかに鳴り響く車輪の音に、殿下は心を留められました。

「高らかに響きわたりぬ」という、じつに若々しく、広やかな表現によって、初夏の日差しのふりそそぐ伊勢路の空にまで、車の音色が響きわたる光景が感じられます。

殿下は、式年遷宮について学ぶ機会が得られたことをおよろこびになるとともに、お木曳きの催しをはじめて目の当たりにして、たいへん印象深く思いましたと、このおりのご感想を述べられました。

伊勢神宮を詠まれた皇室の方々のお歌はたくさんありますが、人々とともに伝統の行事を楽しみ、このお歌のように溌剌《はつらつ》として明るいものは少ないようです。

若き殿下の晴れやかなお顔も目に浮かぶようで、古き伝統の中に新たな息吹を吹き込まれたお歌といえるでしょう。

平成二年（一九九〇）◉御年二十九歳

晴

朝もやの晴れ上がりゆく湖に
ヒマラヤの峰姿耀《かがよ》ふ

昭和六十四年（一九八九）一月七日、昭和天皇が崩御されました。国民哀悼のうちに皇位は今上天皇に引き継がれ、元号は平成へと移り替わりました。平成元年は諒闇《りょうあん》（崩御にあたって喪に服する期間）のために歌会始は行なわれませんでしたが、翌平成二年（一九九〇）には「昭和天皇を偲ぶ歌会」としてあらためて開かれました。平成の御代の歌会始における最初のお題は「晴」でした。殿下は、昭和六十二年（一九八七）三月にネパール、ブータン、インドの各国を親善のためにご訪問されました。お歌には、ヒマラヤの峰をのぞむ湖畔の宿の情景を詠まれました。

これから春を迎えようとして高原の宿はまだ寒い時期だったと思われますが、起床してのぞまれる湖に朝もやがかかり、陽が昇るとともに「もや」は晴れゆき、湖面に映るヒマラヤの峰がこまやかにきらめき揺れている。ヒマラヤには雪が降り積もり、その姿は雄大でさぞ美しかったことでしょう。

あるがままに描写されていますが、その確かな表現によって情景が目に浮かぶようです。山を愛される殿下にとって、朝もやが晴れて山の峰にかかった雲もなく、素晴らしい朝を迎えることは大きなおよろこびであったにちがいありません。

なおこの歌会では、昭和天皇最後となる御製が披露されました。

空晴れてふりさけみれば那須岳はさやけくそびゆ高原のうへ

那須の御用邸（栃木県）からご覧になったのでしょうか、親しんでこられた那須岳をのぞまれての、なんの曇りもなく澄みきった大御歌の調べに、昭和天皇の私心のない広やかなお心がしのばれます。

平成三年（一九九一）◉御年三十歳

森

五箇《ごか》山をおとづれし日の夕餉時《ゆうげどき》
森に響かふこきりこの唄

殿下が昭和五十一年（一九七六）、学習院高等科地理研究会の研修のために、富山県の南西部にある五箇山をご訪問されたおりのお歌です。

五箇山は重厚な合掌造りで有名であり、平成七年（一九九五）には世界遺産にも登録されました。またこの地域は古くから伝わる民謡も多く、なかでも「こきりこ」や「麦屋節」は国の無形文化財にも指定され、多くの人々に愛され唄い継がれています。

「こきりこ」とは、その歌詞にもあるとおり七寸五分の長さ（約二十三センチ）の二本の竹を用いた楽器で、両の手にとって回しながら打ち鳴らします。お囃子はゆったりとしみじみとし、「窓のサンサはデデレコデン、はれのサンサもデデレコデン」と唄いながら踊るのです。

合掌造りの家では囲炉裏端にみんなが座って鍋料理や岩魚などを焼いて食べるそうですが、殿下もその中に交じって夕餉を楽しまれていたのではないかと想像されます。そのときに、森のほうから「こきりこの唄」が聞こえてきた。

「森に響かふ」という独特の表現により、夕闇せまる五箇山の森に響きわたる村人の歌声が聞こえてきそうですし、「唄」という名詞止めの調べは、ゆったりと唄が続いていく余韻を感じさせ、聞き入っておられる殿下の満ちたりたお心が伝わってきます。

この歌会が催された平成三年の二月二十三日のお誕生日（三十一歳）に、徳《なる》仁《ひと》親王殿下は、公式に立太子の礼によって皇太子となられました。

立太子宣明の儀において、今上天皇は「宣明」を読み上げられ、皇太子の御印とされる壺切御剣《つぼきりのみつるぎ》を親授されたのち、殿下は黄丹袍《おうにのほう》のお姿で宮中三殿にご拝礼になりました。

平成四年（一九九二）◉御年三十一歳

風

いにしへの歴史しのびつつ島訪《と》ひぬ
松が枝を揺《ゆす》る瀬戸内《せとうち》の風

前年に立太子の礼をお受けになった皇太子殿下にとって、最初の歌会始のお歌です。歌会始では最後のほうで皇室の方々のお歌が披露されますが、皇太子殿下に続いて皇后陛下、そして最後に天皇のお歌（御製）が朗詠されます。

悠然として時が止まったかのような歌会の雰囲気の中で、皇太子殿下のお歌を詠う声が宮殿に響きわたります。

「いにしへの歴史しのびつつ」と聞こえはじめたとき、その悠然とした調べに、歌会に列席した方々は誰しもはっと胸打たれたことでしょう。「いにしへ」、過ぎ去った昔の歴史をしのびながら、長い時の流れに寄り添っていこうとされる殿下の深いお心が詠い出されたのですから。

昭和五十七年（一九八二）および五十八年（一九八三）に瀬戸内海のお歌をお詠みになった殿下は、平成三年（一九九一）にも瀬戸内をご訪問されましたが、その思い出を、この年の歌会始にご発表されました。

歴史をしのびながら訪れになった島といえば、数ある島の中でも愛媛県の大《おお》三島《みしま》だったのでしょうか。大三島には三島神社の総本社である大山祇《おおやまつみ》神社が祀られて「神の島」とも呼ばれ、源平の戦いなど中世以後の名刀や鎧兜《よろいかぶと》など多くの国宝が奉納されています。

島とは、あるいは殿下が研究なさった瀬戸内の水運の歴史にまつわる島かとも思われます。歴史には人々の悲喜がこめられている。その島に風が吹きわたり、松の枝を揺るがしている。瀬戸内をわたる風を受けながら、殿下のお心には、「いにしへ」の歴史が息づいていたことでしょう。

平成五年（一九九三）◉御年三十二歳

空

大空に舞ひ立つ鶴の群《むれ》眺む
幼《おさ》な日よりのわが夢かなふ

殿下は平成三年（一九九一）三月、札幌で開かれた第十五回「ユニバーシアード大会」にご出席のため北海道の釧路《くしろ》をご訪問されましたが、このおりに阿寒町タンチョウ観察センターをご見学になりました。

釧路には、頭に朱色の大きな斑点を持つ美しい丹頂鶴《たんちょうづる》が生息しており、その数約千三百羽とのこと。その鶴が空に舞い立つ姿は、どれほど素晴らしいものだったことでしょう。

鶴はその昔、日本の各地に飛来していたといいます。『万葉集』には、鶴の群れが大空に舞い立ち、飛んでいく姿を詠んだ歌がたくさんあります。山部赤《やまべのあか》人《ひと》の名歌、

若の浦に潮みちくれば潟《かた》をなみ葦辺《あしべ》をさして鶴《たづ》鳴きわたる

は、その代表で、潮の満ち引きにより鶴が自分の居場所を求め、群れをなして

飛びゆくそのさまは、まことに壮大であったことでしょう。

しかし現在では、鶴の飛来もいくつかの地域に限られ、少なくなった鶴を保護するために現在各地で努力がなされています。

殿下は『万葉集』に親しみ、また映像に見る美しい鶴の姿に魅せられてもおられたことと思われますが、このお歌から、幼い日から鶴の群れを見たいとの夢をお持ちだったことがわかります。そしてついにその夢がかなったと、よろこびをこの一首に詠まれました。

大空を鳴きながらゆく鶴の群れをじっとながめられる、殿下のまっすぐなまなざしを感じるお歌です。

平成六年（一九九四）◉御年三十三歳

波

我が妻と旅の宿より眺むれば
さざなみはたつ近江《おうみ》の湖《うみ》に

皇太子殿下は、かねてより御思いを寄せておられた小和田雅子《おわだまさこ》様とのあいだで、平成五年（一九九三）六月九日にめでたく結婚の儀を執り行なわれました。黄丹袍《おうにのほう》の束帯をお召しになった皇太子殿下と十二単《じゅうにひとえ》の皇太子妃殿下とが前後しながら、宮中三殿の廊下を歩まれる古式ゆたかなお姿を拝し、国民は大きな感動に包まれました。

六月には、両殿下はおそろいで伊勢神宮と神武《じんむ》天皇山陵《さんりょう》に参拝されて結婚のご奉告をされましたが、その後八月二十三日には、第五回「全国農業青年交換大会」の開会式へのご出席のために、滋賀県を訪問されました。

このお歌は滋賀県への行啓（おでまし）のおり、旅のお宿でのことを詠まれたものと拝察されます。

「近江の湖」とは琵琶湖のこと。近江には天智《てんじ》天皇の御代（七世紀）に大津宮《おおつのみや》と呼ぶ都が置かれましたが、それは天智天皇崩御《ほうぎょ》後までのわずか五年ほどのあいだでした。

そのはかなく悲しい歴史をしのんだ多くの名歌がのこされていますが、皇太子殿下は近江の湖をおながめになりながら、さざなみが立つ景色に深く思いを寄せられました。

「我が妻と」と率直に呼んでおられるお歌の始まり、続く歌全体の調べには、思いをとげてご自分の妃として迎えた方《かた》とともに、この悠久の景色をご覧になるよろこびが「さざなみ」のように静かに息づいています。

皇太子妃殿下となられた雅子様は同じ歌会始に、

君と見る波しづかなる琵琶の湖《うみ》さやけき月は水面《みのも》おし照る

と皇太子殿下のお歌に呼応するように、同じおりに湖面の清らかな月影をともにご覧になったよろこびを、美しくお詠みになったのでした。

平成七年（一九九五）◉御年三十四歳

歌

人々をへだてし壁はくづれたり
ベルリンに響く歓びの歌

第二次世界大戦後の米ソ冷戦下、ドイツは東西に分裂し、首都ベルリンも東西に分断され、自由を求める人々の東ベルリンからの流出が続いたために、境界に突然長大な壁が築かれたのは昭和三十六年（一九六一）のことでした。

以後、家族や友人が東西に引き裂かれて多くの悲劇を生みました。壁は東西冷戦の象徴ともなりましたが、それから二十八年を経た平成元年（一九八九）十一月九日、西側への出国許可を認める決定を聞いた東ベルリン市民の手によって、ベルリンの壁は一挙に崩壊したのです。崩壊した壁の上に立ってよろこぶ若者たちの映像は、世界をかけめぐりました。

英国に留学され、西欧各地を旅行された皇太子殿下は、東西ドイツの実情はよくご存じだったにちがいありません。国民が分断されるというドイツの苦悩を、同じく第二次世界大戦に敗れた日本の皇太子として痛切に感じておられたのではないか、と思われます。

その壁がついに壊され、国民同士が手を取り合ってよろこんでいる。そのべルリンの空に「歓びの歌」が響きわたったと、殿下は心から祝福しておられます。「歓びの歌」とはベートーベンの第九交響曲の合唱のことでしょう。じつはこの年のクリスマスの日、世界中の音楽家たちがベルリンに集い、第九交響曲を演奏する模様が世界二十か国でテレビ中継されたとのこと。殿下はご自身でもヴィオラを演奏なさいますが、このテレビをご覧になったのでしょう。

なお、このお歌に先立つ平成六年の年頭に、今上天皇の御製が発表されました。

東西を隔てし壁の払はれて「歓喜の歌」は我を迎ふる

前年九月に天皇皇后両陛下は統一なったドイツをご訪問になり、ベルリン少年少女合唱団が歌うベートーベンの合唱曲をもって歓迎されたのでした。

平成八年（一九九六）◉御年三十五歳

苗

子供らと苗木植ゑつつ我祈る
健《すこ》やかに育て子らも苗木も

昭和六十二年（一九八七）の歌会始に続き、この年もまた子供たちと苗木をお植えになるお歌をお詠みになりました。

殿下は、皇太子におなりになる以前から植樹を続けてこられており、このお歌はこれまで植えてこられた苗木とともに、殿下とご一緒に木を植えた子供たちもまた、健やかに育ってほしいとの願いをお詠みになったのでありましょう。

「我祈る」との簡素なお言葉に、その切実な願いがこめられているようです。

殿下は、のちに「全国育樹祭」のご挨拶のおりに、こう述べられました。


「森林は、美しく豊かな国づくりの基礎であり、国土の保全、水源の涵養《かんよう》をはじめ、私たちに限りない恩恵を与えてくれています。今日では、特に地球温暖化防止など、地球環境の保全に果たす役割が重視されております」

「こうした森林の大切さを思うとき、緑を守り育て、そしてそれを育んできた技術や文化を次の世代に引き継いでいくことは、私たちに課せられた大きな役割であろうと考えます」

この年の歌会始に今上天皇は次の御製を詠まれ、植樹に尽くした人々をねぎらわれました。

山荒れし戦《いくさ》の後《のち》の年々《としどし》に苗木植ゑこし人のしのばる

また皇后陛下は同じお題で、皇居の稲田に苗をお植えになる天皇陛下をお慕いしつつ、日本列島すべての稲の早苗のそよぐさまを雄大に詠まれました。

日本列島田ごとの早苗《ささえ》そよぐらむ今日わが君も御田《みた》にいでます

人々が植えた苗木もまた育ちゆき、日本列島に豊かな緑を恵むことでしょう。

平成九年（一九九七）◉御年三十六歳

姿

人みなは姿ちがへどひたごころ
戦《いくさ》なき世をこひねがふなり

戦《いくさ》なき世を祈り続けてこられたのは、皇室の伝統でした。歴代の天皇方は、さまざまな災難のふりそそぐ中にあって常に国民の安寧を祈り、戦のない平和な世を祈る御製をお詠みになっています。昨年は明治維新から百五十年でした。これまでのあいだ、我が国および世界は近代化の道を歩む一方、二つの世界大戦をはじめとして諸国間の戦争は絶えることなく今日に至っています。日露戦争開戦のおり、明治天皇は次の御製を詠まれました。

よもの海みなはらからと思ふ世になど波風のたちさわぐらむ

日本をめぐる「よもの海」（四方の海）、世界の人々はみな「はらから」（兄弟）と思うのに、なぜかくも波風が立つのであろうか、と。

また、昭和天皇は国際情勢が厳しくなりつつある昭和八年（一九三三）に、次の御製を詠まれました。

天地《あめつち》の神にぞいのる朝なぎの海のごとくに波たたぬ世を

しかし、朝なぎの海のように波立たぬ世を願われる昭和天皇の祈りにもかかわらず、時代は大東亜戦争へと突入し、我が国はついに敗戦を迎えました。

今上天皇は、激戦地であった沖縄への鎮魂の旅を繰り返されました。平成五年（一九九三）、「沖縄平和祈念堂前」と題した御製です。

激しかりし戦場《いくさば》の跡《あと》眺むれば平らけき海その果てに見ゆ

皇太子殿下も強く平和を望んでおられます。外国の方々との交流を大切にし、友情を育んでこられた殿下だけに、人はみな姿はちがっても戦なき世を願うひたごころ（ひたむきな心）は誰しも同じである、という確信を詠われたのです。

平成十年（一九九八）◉御年三十七歳

道

一本の杭《くい》に記されし道の名に
我《わが》学問の道ははじまる

「一本の杭」、そしてそこに記された「道の名」。不思議なそのお言葉に引き込まれていくお歌ですが、皇太子殿下はそこに「我学問の道ははじまる」と明快に、力強く結んでおられます。

皇太子殿下は、前記の『テムズとともに』のご著書の中で、初等科の低学年のときに赤坂御用地の散策中に「奥州街道」と書かれた標識を見つけ、鎌倉時代そこに街道が通っていたことを知って本当に興奮した、と記しておられます。

そのころから「道」についてたいへんご興味を持つようになられ、母君と一緒に芭蕉の『奥の細道』を読破されたそうです。

また大学時代以後は水上交通のご研究に入られ、陸上交通との関係にも興味を示されていますが、その研究も小さいころからの「道」ということから関心が起こったことを、平成九年（一九九七）の記者会見で語られました。

ご著書には「私にとって、道はいわば未知の世界と自分とを結びつける貴重な役割を担っていた」と述べておられます。

「奥州街道」の名は、「一本の杭」に記されていたのでしょうか。子供のころの感受性豊かな時期に、ある種の感動から次々と興味がわいてくる、という経験は誰にもあることです。

しかし、その感動や興味を持続し、これを核としてさらに広く深く求めようと努めておられる皇太子殿下の誠実な学問への姿勢に、あらためて尊敬の念を覚えます。

平成十一年（一九九九）◉御年三十八歳

青

登山電車にゆられて登るユングフラウ
青き氷河はせまりくるなり

ユングフラウは標高四千百五十八メートルのスイスアルプス山脈の名峰で、アイガー、メンヒの高峰に連なる堂々たる山容です。ここに至るために、一八九〇年代に鉄道が敷かれました。

難工事だったと思われますが、全長約七キロもの長いトンネルを抜けるとユングフラウ・ヨッホ駅に到着。ここはヨーロッパでもっとも標高が高い位置にある鉄道駅だそうです。

駅の近くにはスフィンクス展望台があり、そこからのぞむアレッチ氷河はヨーロッパで最大とのこと。氷河を含むスイスアルプス・ユングフラウ・アレッチと呼ばれる地域はユネスコ世界自然遺産にも登録されています。

皇太子殿下は、おそらく英国留学中の旅でこの地を訪れられたのでしょう。「ゆられて登る」という表現に、揺れる登山電車を楽しまれている御様子がうかがえますが、なんといっても「青き氷河はせまりくるなり」の表現は圧巻です。

広く深いアレッチ氷河は、空の色を映して青く見えるのでしょうか。その氷河が「せまりくる」というのですから、登山列車が進むにつれて、広大な氷河が殿下のおられる方向にむかって眼前にまでせまっていたのでしょう。登山をこよなく好まれる若き殿下の、驚きと感動が伝わってきます。

平成十二年（二〇〇〇）◉御年三十九歳

時

はるかなる時空《じくう》を越えて今見ゆる
星の世界をすばるは探る

天体観測用望遠鏡「すばる」は、わが国の国立天文台（天文学を研究する研究所）によってつくられた世界最大級の光学赤外線望遠鏡ですが、準備期間から約十年の歳月をかけてハワイ島マウナケア山頂に設置されました。光を集める鏡の口径が八・二メートルというその大きさだけでなく、最新技術の粋を集めた新世代の望遠鏡です。

平成十一年（一九九九）一月から観測が開始され、これまでに宇宙の神秘を解き明かす数々の発見がなされてきました。

皇太子殿下は、すばる望遠鏡の映し出すさまざまな星の世界の画像に感動されたのでしょう。

当初映された画像の中には、地球から約五十億光年もの距離にある、約二百万光年の広がりを持つ銀河団がありました。それらの銀河の光点がみな、私たちの銀河と同じ程度の大きさの銀河であり、さまざまな種類と色を持つことが観察されたのです（「すばる望遠鏡」のホームページより）。

「はるかなる時空を越えて」とは、ここに示されたような驚くべきはるかな時間と広大な宇宙空間をさしています。

今、私たちが見ている宇宙の姿は、それほどまでに遠い昔の世界のものである。その星の世界を、すばる望遠鏡は探し、映してくれているのだ、という感動と期待に満ちたお歌です。

日本の誇る新しい技術革新によって、未知の世界につながるよろこびをも詠《うた》い上げておられるようです。

平成十三年（二〇〇一）◉御年四十歳

草

草原をたてがみなびかせひた走る
アラブの馬は海越えて来ぬ

皇太子同妃両殿下は、平成六年（一九九四）十一月に国際親善のために中東諸国をご訪問になりましたが、このときにオマーンのカブース国王からアラブ純血種の馬が贈られました。

馬は海をわたってその後日本に着き、宮内庁の御料牧場で飼育されたとのことです。御料牧場は栃木県塩谷郡にあり、皇室の用に供する農畜産物を生産していますが、その広大な放牧地には皇室の乗用馬や馬車を輓《ひ》くための馬が飼育され、また乳牛や羊なども飼育されています。

殿下は牧場にお立ちになり、広々とした草原を、たてがみをなびかせながらひたすら走っていく元気なアラブ産の馬の姿をご覧になったのでしょう。その馬は、遠いオマーンの国に生まれ、はるばると海を越えてこの日本にわたってきた。馬は大丈夫だったか、無事に育っているかと殿下はご案じになったでしょうが、こうして草原を元気一杯に走る姿に安堵され、およろこびになるとともに、馬を贈って下さったカブース国王に対して感謝のお心持を新たにされたこと思われます。
なおこの年の歌会始で、皇太子妃殿下は次のお歌を披露されました。

君とゆく那須の花野にあたらしき秋草の名を知りてうれしき

君とはもちろん皇太子殿下のことです。栃木県の那須には皇室の御用邸がありますが、殿下のお歌と同じ旅で、お立ち寄りになられたおりのお歌と拝察されます。
那須の花野を散策しながら、殿下が秋草を指差してその名前を教えられたのでしょう。お二人の笑顔が目に浮かぶようなお歌です。

平成十四年（二〇〇二）◉御年四十一歳

春

青春をわが過ごしたる学び舎《や》に
新入生の声ひびくなり

皇太子殿下は、昭和五十三年（一九七八）の春に学習院大学に進学され、文学部史学科で学ばれました。また音楽部に所属してヴィオラを担当されましたが、音楽へのご興味はご幼少のころからで、天皇皇后両陛下とともに音楽を愛好されていますので、その影響が大きかったことでしょう。殿下は御卒業されたあとも、学習院卒業生によるオーケストラの定期演奏会にその一員としてたびたび出演されています。

また登山がお好きだったこともすでに記したとおりですが、学生時代には主に関東を中心とした山々を登られました。殿下はこれらの活動を通じて、多くの学友と親しく交わられました。

殿下は昭和五十七年（一九八二）三月に学習院大学をご卒業になり、同大学院人文科学研究科にお進みになりました。翌年から二年間、オックスフォード大学に留学されたのは前記（二十四頁参照）のとおりですが、留学中にも音楽や自然に親しまれました。

このお歌では、かつて学ばれた学習院をご訪問されたおりに、後輩でもある新入生の溌剌《はつらつ》とした声が響くさまを詠まれましたが、楽しくまた充実したご自分の青春時代をなつかしむとともに、後輩にたいしてエールを送っておられるようです。

なお前年の平成十三年十二月一日、国民も待ちに待った両殿下のお子さま、敬宮《としのみや》愛子《あいこ》内親王《ないしんのう》がご誕生になりました。皇太子妃殿下はこの年の歌会始に、

生《あ》れいでしみどり児のいのちかがやきて君と迎ふる春すがすがし

と、そのよろこびを詠《うた》い上げられました。

平成十五年（二〇〇三）◉御年四十二歳

町

オックスフォードのわが学び舎に向かふ時
ゆふべの鐘は町にひびけり

皇太子殿下は平成十三年（二〇〇一）五月、エリザベス女王陛下と英国政府のご招待を受け、「Japan 2001」開幕事業のために英国をご訪問になりました。これは英国で行なわれる日本との文化交流事業で、十年に一度開催されており、両国の皇太子殿下がその名誉総裁を務められました。

英国ではエリザベス女王ご自身が殿下をいろいろと案内され、ウインザー城では親しみをこめた女王主催の晩餐会が開かれたとのことです。また「Japan2001」のイベントでは、チャールズ皇太子とともに団扇《うちわ》をとって殿下もご一緒に阿波踊りを踊られたそうです。王室の方々だけでなく、ブレア首相をはじめ多くの要人との交流を深められ、日英の親善に大きく貢献されました。

殿下はこのご訪問のおりに、かつて学ばれたオックスフォード大学をお訪ねになりました。大学側はあげて殿下を歓迎され、大学の方々とともに昔をなつかしまれ、殿下は留学時代によく行かれたテムズ河畔のパブに恩師や友人を招いて、みんなと一緒にビールを飲まれたそうです（元駐英大使、北村汎氏による）。

お歌は、オックスフォードの町に響く夕べの鐘の音を詠まれたのですが、留学中にもお聞きになったなつかしい音色であったのでしょう。夕べの鐘は、殿下を歓迎するかのように、お歌を拝するものの胸にも鳴り響いてまいります。夕べの淡い光が、オックスフォードの古い町を照らす情景までも、目に見えるようです。

平成十六年（二〇〇四）◉御年四十三歳

幸

すこやかに育つ幼《おさ》なを抱《いだ》きつつ
幸《さち》おほかれとわが祈るなり

歌会始の前年（平成十五年）十二月、愛子内親王は満二歳になられました。皇太子殿下は、健やかに育っておられる内親王をその御手に抱かれながら、これからも幸多き日々を祈ってお歌を詠まれました。「幼《おさ》な」とは幼い子供のことです。

殿下は、その年のお誕生日の記者会見で内親王のことを尋ねられ、「幼少時において親がしっかりした愛情を子供に注ぐということは、その子のその後にとっても、とても大切なことだと思います」とお答えになりました。

天皇皇后両陛下が、それまでの慣例を破って、殿下をみずからのお手許でお育てになったことへの深い感謝の気持ちが、このお言葉にはあるように思われます。

そしてまた、「私自身子供をお風呂に入れたり、散歩に連れて行ったり、あるいは、離乳食をあげることなどを通じて子供との一体感を強く感じます」とみずからのご体験を語られ、「父親もできるだけ育児に参加することは、母親の育児の負担を軽くすることのみならず、子供との触れ合いを深める上でもとても良いことだと思います」とも述べて、同世代の国民への家庭生活にも言及されました。

皇太子妃殿下は、愛子様がおやすみになる前はいつもベッドのそばでお話をされるとのことですが、この年には次のお歌を詠まれました。

寝入る前かたらひすごすひと時の吾子の笑顔は幸せに満つ

母君と語らうひと時の愛子様の満ち足りた笑顔に、両殿下とも心をなごませられたことがしのばれます。

平成十七年（二〇〇五）◉御年四十四歳

歩み

頂きにたどる尾根道ふりかへり
わがかさね来し歩み思へり

たどれば頂きに続く尾根の道、その道で立ち止まられ、後ろを振り返ってこれまで登ってきた山道をご覧になっておられるお歌です。

その道は山の道でもあり、皇太子殿下が歩んでこられた人生行路でもあったことでしょう。

「わがかさね来し歩み思へり」とのお言葉に、一歩一歩山道を踏みしめるように日々をお送りになりながら、いくたびも重ねてこられたこれまでの歩みを、あらためて振り返っておられる殿下の誠実なお心がしのばれます。

皇太子殿下は、日嗣《ひつぎ》の御子《みこ》ともお呼びし、天皇の御位をお継ぎになるお方です。殿下は代々続いてきた皇室のことを学び続けていらっしゃいますが、ことに歴代の天皇方のご来歴やご文章に深い理解を示しておられることが、記者会見のお言葉からもうかがえます。

天皇陛下が、現代にあって天皇のあるべき姿を真摯《しんし》に求めてこられたように、殿下もまたつねにご自分を振り返っておいでになっておられる、そのお心がこのお歌から感じられてまいります。
今上天皇は平成十六年の歌会始に、次の御製をご発表になりました。

人々の幸願《さち》ひつつ国の内《うち》めぐりきたりて十五年経《へ》つ

陛下も、また歴代の天皇方も、人々の幸をひたすら祈ってこられました。殿下もそのお心を誠実に継いでおられます。このような皇室を仰ぐことのできる私たち国民は、まことに幸せでありがたいことだと思います。

平成十八年（二〇〇六）◉御年四十五歳

笑み

いとけなき吾子の笑《え》まひにいやされつ
子らの安けき世をねがふなり

敬宮《としのみや》愛子内親王は、前の年（平成十七年）に満四歳になられました。このお歌で、皇太子殿下は「いとけなき」まだ幼くてあどけない、「吾子」（「わこ」と読むのでしょう）と詠まれましたが、ご自分の子供であることをかみしめておられるようなよろこびが伝わってきます。

さまざまなことに心くだかなくてはいけない日々の中で、お子さまの愛らしい無垢《むく》な笑顔によって心が癒されたと、ほっと安堵するひと時を感じられたのでありましょう。子を視《み》る親のよろこびを、殿下は素直に表現されておられます。

お歌はさらに、「子らの安けき世をねがふ」と続き、ご自分のお子さまから広がって、この世に生を享《う》けた子供たちの誰もがみな安らかであることを願われるのです。

皇太子妃殿下のこの年のお歌もまた、皇太子殿下のお歌に唱和します。

輪の中のひとり笑へばまたひとり幼なの笑ひひろがりてゆく

ひとりの子供の笑いが次々に輪の中で広がっていく、そんな一こまを的確にお詠みになりつつ、子供たちみなの幸を願っておられます。

この年の十一月十一日、愛子内親王は「着袴《ちゃっこ》の儀」（一般の七五三の祝にあたる）に臨まれ、儀式のあと皇居の賢所《かしこどころ》にご参拝、皇太子同妃両殿下とともに健やかなご成長をお祈りになりました。

またこの年の九月六日には、秋篠宮《あきしののみや》同妃両殿下のお子さまとして、また天皇陛下にとってははじめての男子の孫となられる、悠仁《ひさひと》親王がご誕生になりました。将来の天皇のご生誕という慶事に、国民は大きなよろこびに包まれたことでした。

平成十九年（二〇〇七）◉御年四十六歳

月

降りそそぐ月の光に照らされて
雪の原野の木《こ》むら浮かびく

このお歌は、スキーに行かれたおりの夜、頰をさすような冷気と静寂のもとで、月の光の情景を詠まれたとのことです（宮内庁ホームページによる）。

場所は、平成十八年（二〇〇六）一月、国民体育大会冬季大会のため行啓になった北海道かと思われますが、スキーを滑られたあとの快い疲れの中で、静かにご覧になった情景でしょう。

「降りそそぐ月の光」、その月は満月だったのでしょうか、晴れわたる冬の夜空に、月の光は澄みきっていたと思われます。煌々《こうこう》と光る月に照らされて、雪の原野の真っ白な風景が目の前に展開します。

「木《こ》むら」は木々の群れ、林のことです。夜の林は闇の中に黒く見えることでしょうが、月に照らされて林の梢のほうはほんのりとにぶく光っていたのではないでしょうか。

「浮かびく」という言葉によって、雪の原に、月の光を受けている林の幻想的な情景が、名画のように目の前に浮かんできます。

月光と、雪と、林と、なんと深い色彩にいろどられたお歌でありましょう。優しい言葉で、見える景色をそのままに詠まれているので、抵抗なく素直に心に入ってきて、しかも深い感動をもたらしてくれるお歌です。

月影を詠んだ歌は、『万葉集』以来たくさんあります。澄みわたる月の光は、闇を照らし、心を照らしてくれます。雲にかくれる月を惜しみ、また月を見ながら、遠くの人を思い、さらに昔の人が思われるという数々の歌。そのように月影は、日本の美をなす伝統のひとつでもあります。

殿下のお歌は、その伝統を踏まえながらも、雪の原野に照る月という新しい世界を開かれたように思います。

平成二十年（二〇〇八）◉御年四十七歳

火

蒼《あお》き水たたふる阿蘇の火口より
噴煙はのぼる身にひびきつつ

皇太子殿下は、平成十九年（二〇〇七）十一月に熊本県に行啓され、「阿蘇みんなの森」で行なわれた全国育樹祭にご出席されました。このおりに、噴煙を吐く阿蘇中岳にお登りになったのでしょう。

中岳の広大な火口の縁に立って、火口をのぞみますと、硫黄を含んだ火山独特のエメラルド色の水がたたえられています。草も木も生えぬ火口周囲の茶褐色の岸壁、火口から立ち上る白い蒸気と灰色の煙、その中にあって蒼い水溜りは不思議な色を見せています。

噴煙は絶えることなく火口から吐き出されつづけていますが、ときに地響きとともに煙と水蒸気が噴出することがあります。

お歌は、立ちのぼる煙とともに震動によって身体の震えるご体験を、「身にひびきつつ」と的確に詠まれ、しかもこの句を歌の末尾に置いて表現されました。そのために殿下の驚きや感動がより強く伝わってきます。

この歌会始から八年後に発生した平成二十八年（二〇一六）四月の熊本地震

では、阿蘇地方にも大きな被害をもたらしました。南阿蘇に発生した土砂崩れでは多くの方が犠牲になり、阿蘇大橋の転落などで道路も鉄道も遮断され、住民は一時孤立しました。またこの地震で、肥後国一の宮として古来崇敬を集めてきた阿蘇神社の拝殿や楼門が倒壊しました。

天皇皇后両陛下におかれては、震災の翌月、熊本の被災地の人々をお見舞いになりました。被災地の復旧は難工事の連続ですが、人々の努力で徐々に復興に向かっています。

平成二十一年（二〇〇九）◉御年四十八歳

生

水もなきアラビアの砂漠に生え出でし
草花の生命《いのち》たくましきかな

皇太子同妃両殿下は、平成六年（一九九四）十一月、国際親善のためにサウジアラビア王国をご訪問になりました。

サウジアラビアと我が国とは、昭和三十年（一九五五）に国交を樹立して以来、今日まで良好な外交関係を構築してきました。この間、両国の皇室と王室とは親密な交流を続けておられます。

サウジアラビア王国の国土面積は日本の約六倍、しかしその約三分の一は、砂漠におおわれています。ご新婚の翌年でもあった両殿下は、おそろいで砂漠をお歩きになったとのことですが、そのおりに、果てしなく広がるアラビアの砂漠の中で、足元に咲く草花を見つけられました。

皇太子殿下は、ご研究を通して水の大切さを熟知しておられます。まったく水もないような砂漠の原に、小さな草花が咲いている。それは殿下にとって大きな驚きでした。どんな環境の中でも生きていこうとしている草花がある、そのたくましい生命《いのち》の力に、感銘を受けられたのです。

同じ歌会始に、皇后陛下は次のお歌をご発表になりました。

生命《いのち》あるもののかなしさ早春の光のなかに揺り蚊《ユスリカ》の舞ふ

皇居のお庭で、光の中に舞うユスリカ（揺《ゆす》り蚊）の群れをご覧になり、すぐに消えてゆく小さな生き物にも命がある、そのいとおしさをお詠みになりました。

私たちの住む地球上には、さまざまな生物が生きています。どんな小さな生き物にも生命が息づいている。昭和天皇が生物を慈《いつく》しまれたように、両陛下も、また皇太子殿下も、あらゆる命あるものを、大切にされようとしていらっしゃいます。そのことを私たちは、御製やお歌にうかがうことができるのです。

平成二十二年（二〇一〇）◉御年四十九歳

光

雲の上《へ》に太陽の光はいできたり
富士の山はだ赤く照らせり

平成二十年（二〇〇八）夏、皇太子殿下は、我が国の最高峰である富士山への登山をなさいました。

まだ陽の昇る前の早朝、殿下は山頂にお立ちになったのでしょうか。眼下に広がる雲の海、薄明かりを帯びたその雲海のかなたに、空をゆっくりと染めながら陽の光が差し出で、一瞬に輝く。

「いできたり」との弾むようなお言葉に、ご来光《らいこう》の瞬間をお待ちになっていた殿下のよろこびが伝わってきます。

陽の光が差し初めると、今まで沈んでいたような富士の山肌が、燃えるように赤く照らし出される。夜明けの雲海の上に、陽の光が輝きはじめるとともに富士を染めてゆく、神々しい情景を詠まれたお歌です。

今上天皇は、平成五年の歌会始に「空」のお題で、富士山を詠まれました。

外国《とつくに》の旅より帰る日の本の空赤くして富士の峯立つ

陛下は、この歌会始の前年、親善のために中国をご訪問されたあと、帰国されるおりに富士の姿を機内よりご覧になりました。夕陽が沈もうとして赤くそまった空、その中に堂々たる富士の峯が立っているという、荘厳な情景です。おそらく、富士はその美しい左右相称の姿を、黒いシルエットとして夕空に映し出していたと想像されます。

陛下は夕陽に染まる赤富士を、殿下は日の出の光に染まる赤富士を、それぞれ詠まれました。

富士山は古来より人々の崇敬を集め、折々にその姿を変えながら、日本の中心にずっしりとそびえ立っています。

平成二十三年（二〇一一）◉御年五十歳

葉

紅葉《もみじ》する深山《みやま》に入りてたたずめば
木々の葉ゆらす風の音《と》聞こゆ

皇太子殿下は、数年前の秋に東京近郊の山に登られ、そのおりの情景をお歌にお詠みになったということです。

山深く登っていかれたところは、木々が紅葉して美しく色づいていたのでしょう。しばらくそこでお休みになり、紅葉を眺めておいでになる。木蔭《こかげ》で憩われる殿下のお姿が思い浮かばれますが、やがて、「紅葉《もみじ》する」木々の葉を揺らして風が渡ってきた。殿下はそのときに「風の音」をお聞きになったのです。

風の音という表現には、日本人の感性と言葉の美しさがあらわれていますが、お歌は「音」の文字に「と」と振り仮名がついています。

声に出してみれば感じられるのですが、「と」と「おと」では違いがあります。「おと」とすれば、結句は八音の字余りになり、その句は強調されて聞こえます。しかし「と」とすることによって、七音で静かにおさまります。

静かな深山の中で、木々の葉をゆらす風の音だけが聞こえてくる。景色の中に自然に溶け込まれ、落ち着いておられるお心がおのずからこのような表現となったのでしょう。

この年の皇太子妃殿下のお歌は、

吹く風に舞ふいちやうの葉秋の日を表に裏に浴びてかがやく

でした。愛子内親王が通われる通学路に落ちる銀杏《いちょう》の黄葉を詠まれたとのことですが、ここでも殿下と呼び合うように、風に揺れ、風に散る葉をお歌とされました。黄金色の銀杏の葉が舞い、「表に裏に」なって日にあびて輝く。色がくるくると変わるさまが、まるで色あざやかなアニメーションのように感じられるお歌です。

平成二十四年（二〇一二）◉御年五十一歳

岸

朝まだき十和田湖岸におりたてば
はるかに黒き八甲田《はっこうだ》見ゆ

このお歌は、皇太子殿下が学習院中等科三年生の修学旅行で、東北地方を旅行されたおりの思い出を詠まれたものということです。

「朝まだき」は、早朝の夜がまだ明けきらないころを指します。まだ眠りから覚めない広々とした十和田湖の湖岸に下りてお立ちになる殿下、北の方向をながめると、まだ薄暗い空のかなたに黒々とそびえる山が見える。それが八甲田の山々でした。

三十年以上をへて思い出しておられるのですから、殿下の印象に強く残る景色であったことと拝察されます。

青森県の南端に位置する十和田湖、そこから清流で有名な奥入瀬《おいらせ》渓流が流れ出ます。八甲田山は奥入瀬を下ってゆく先の青森中部に位置する山群で、最高峰の大岳は標高千五百八十四メートル。

八甲田山は、明治三十五年（一九〇二）、日露戦争の前に起きた雪中行軍遭難事件で有名です。青森の歩兵第五連隊は、八甲田山麓における訓練中に、猛吹雪によってその大半の兵を失いました。殿下はこの事件をご存じで「黒き」八甲田をご覧になったことでしょう。

さらに、お歌の前年の平成二十三年三月十一日、東日本大震災が東北地方を襲い、未曾有の大津波によって多くの人命が失われました。お心を痛められた殿下が、人々の悲しみを、八甲田の黒い影に重ねられたように拝察されます。

皇太子同妃両殿下は、平成八年（一九九六）に福島県をご訪問されましたが、妃殿下はその思い出をこの平成二十四年の歌会始にお出しになりました。

春あさき林あゆめば仁田沼《にたぬま》の岸辺に群れてみづばせう咲く

「みづばせう」は水芭蕉、湿原に純白の花を咲かせます。両殿下のお歌はたんに景色を詠まれたのではなく、東北地方の自然に寄せての鎮魂のお歌ではないでしょうか。

平成二十五年（二〇一三）◉御年五十二歳

立

幾人の巣立てる子らを見守りし
大公孫樹《おおいちょう》の木は学び舎に立つ

皇太子殿下には、ご自身が学ばれ、お子さまの愛子内親王が通われている学習院初等科を平成二十四年（二〇一二）の秋にお訪ねになりました。そのおりに「大いちょう」と呼ばれて親しまれている大きな公孫樹《いちょう》の木が美しく黄葉し、木の下で多くの児童が遊んでいるさまをご覧になりました（宮内庁ホームページによる）。

「大公孫樹」は、昭和のはじめごろからこの地に自生していたとのことで、ご自分も含めておよそ八十年にわたって、学習院を巣立っていった多くの子供たちを見守ってきた。その大公孫樹が、今も、こうして学び舎に立っていることよと、その姿になつかしさと愛着の念を覚えられたのでありましょう。

学習院初等科で昭和三十年ごろから歌われている唱歌に、「うんどうかいのうた」があります。その歌詞の三番は次のとおりです。

あかかてしろかて　ただしくつよく　さけぶおうえん　あがるよはくしゅ
大ぞらあおいで　ばんざいすれば　みているみている　あの大いちょう

秋の運動会シーズンには、大公孫樹は黄色に美しく染まるのでありましょう。そして秋空のもと、元気いっぱいにかけまわる子供たちを、大公孫樹は見守っている。昔も、そして今も。

子供のころ、友人たちと過ごしたなつかしい思い出が、殿下の心のうちに広がり、今も大公孫樹の下で遊びまわる子供たちに共感されたことと思われます。その子供たちの中には、もちろん愛子内親王のお姿があったことでしょう。

平成二十六年（二〇一四）◉御年五十三歳

静

御社《みやしろ》の静けき中に聞え来る
歌声ゆかし新嘗《にいなめ》の祭

「新嘗《にいなめ》の祭《まつり》」（新嘗祭《にいなめさい》）は、宮中祭祀の中でもっとも重要なもので、その起源は古く神代までさかのぼります。

神嘉殿《しんかでん》に神座を設けて、天照大御神《あまてらすおおみかみ》（皇祖の神）にその年収穫した新穀《しんこく》をお供えして神恩に感謝するとともに、天皇御みずから召し上がる祭儀が新嘗祭です。毎年、十一月二十三日の夕方から深夜にかけて行なわれますが、皇太子殿下は神嘉殿の隣りの隔殿《かくでん》でお控えになります。

御祭ではじめに、琴、篳篥《ひちりき》（竹でつくられた縦笛）が奏でられ、その音に合わせて神楽歌《かぐらうた》が低い声で静かに流れます。やがて歌声が高くなったのち、ふたたび低い調べになります。すると御殿の奥より、お告文《つげぶみ》を読まれる天皇陛下のお声が隔殿に聞こえてくるのです。

お歌は、殿下が御祭りの神楽歌をお聞きになって詠まれたものですが、殿下が「静けき中に」「歌声ゆかし」とお詠みになったように、静かに流れる歌声が、全体にわたって荘重な調べとなって響いています。

今上天皇にも皇太子であられた昭和四十五年（一九七〇）に、「新嘗祭七首」と題するお歌があります。その連作を拝読しますと、皇太子として新嘗祭に控え拝しておられるご様子がありありとしのばれます。「新嘗祭七首」の四首目は、次のお歌です。

歌声の調べ高らかになりゆけり我は見つむる小さきともしび

静謐《せいひつ》の中にひびく歌声。暗い殿のうちにあって、小さいともしびをじっと見つめられる皇太子殿下。皇統連綿《こうとうれんめん》として続く我が皇室の精神性の深さを、殿下のお歌は伝えているようです。

平成二十七年（二〇一五）◉御年五十四歳

本

山あひの紅葉深まる学び舎《や》に
本読み聞かす声はさやけし

皇太子殿下は、前年の平成二十六年（二〇一四）十月、第三十八回「全国育樹祭」のため、山形県に行啓になりました。そのおりに最上《もがみ》郡の金山町立金山小学校を訪問され、地域のボランティアのおはなしサークル「きつねのボタン」の方《かた》が、小学生たちに絵本を読み聞かせている様子をご覧になりました。

秋も深まるころ、紅葉に照らされた山間《やまあい》の小学校のなつかしい風景が目に浮かびます。そこではボランティアの方が、「泣いた赤鬼」という昔話の絵本を語っていたそうです。

澄みとおるように語られるその声を、小学生たちは、目を輝かせて聞いていたことでしょう。その様子を、殿下もまたにこやかにご覧になっていたことと思われます。

絵本は、殿下にとっても、子供時代のなつかしい思い出だったことでしょう。母君の皇后陛下は、よくお子様方に本を読み聞かせておられたとお聞きします。それは、皇后様ご自身が、子供のころに読まれた本の数々から、多くのことを学ばれたご経験を、大切にお持ちであったからと思われます。

皇后陛下は、平成十年（一九九八）にインドのニューデリーで開催された国際児童図書評議会の世界大会において、ビデオテープを通して基調講演をなさいました。その記録『橋をかける 子供時代の読書の思い出』の中で、皇后陛下はこう語られました。

「私にとり、子供時代の読書とは何だったのでしょう。何よりも、それは私に楽しみを与えてくれました。（中略）それはある時には私に根っこを与え、ある時には翼をくれました。この根っこと翼は、私が外に、内に、橋をかけ、自分の世界を少しずつ広げて育っていくときに、大きな助けとなってくれました」

ご講演は、世界の人々に大きな感動を呼び起こしました。

平成二十八年（二〇一六）◉御年五十五歳

人

スペインの小さき町に響きたる
人々の唱《うた》ふ復興の歌

皇太子殿下は、平成二十五年（二〇一三）六月にスペインをご訪問になりました。その途で、コリオ・デル・リオ市のビセンテ・ネイラ小学校の玄関ホールに出迎えた人々が、東日本大震災からの復興を願ってつくられた日本の合唱曲「花は咲く」を歌って、殿下をお迎えしたとのことです。

異国の地で、震災にあった自国の人々をなぐさめる歌を耳にされたということが、どれほどありがたいことか。殿下は深く感動されて、「花は咲く」を聞かれたことでしょう。そしてまた、このことを知った東北の人たちが、スペインの人々にどれほど感謝と親しみの心を感じたことでしょうか。

震災からの復興を願うスペインの人々の歌声は、殿下のお歌を通して、きっと東北の人々の心にも届いたにちがいありません。

皇太子妃殿下もまた、この年の歌会始に、震災からの復興のお歌を詠まれました。

ふるさとの復興願ひて語りあふ若人たちのまなざしは澄む

前年の平成二十七年（二〇一五）の十月、皇太子同妃両殿下は、福島県に二年ぶりに行啓され、東日本大震災からの復興の様子をご覧になりました。そのおりに、地域の復興と、社会への貢献のために創立された「ふたば未来学園高等学校」をご訪問になりました。その際に生徒たちと直接お会いになり、お話をされましたが、生徒の真摯なまなざしに感じて、このお歌をお詠みになったということです。

天皇皇后両陛下は、震災の地にいくたびも、慰霊と激励のためにおみ足を運ばれましたが、皇太子同妃両殿下もまた、人々の幸せを願いつつ、ともに歩んでいらっしゃることが、これらのお歌にしのばれます。

平成二十九年（二〇一七）◉御年五十六歳

野

岩かげにしたたり落つる山の水
大河《たいが》となりて野を流れゆく

皇太子殿下は、平成二十年（二〇〇八）五月に山梨県甲州市の笠取山《かさとりやま》に登られ、東京都の水道水源林をご視察になりました。その水源が、やがて関東平野南部をうるおす多摩川となるのです。

このお歌を一読したとき、深い感動に包まれました。なんと細やかで、清らかで、そして大らかなお歌であることか。

お歌はまず、岩かげにしたたり落ちる山水のしずくの一滴一滴をご覧になります。そのしずくが集まって、清らかな細い流れとなって、林の中を下っていきます。

殿下の御まなざしは、その細い流れから、山林を越えて平野へと注がれます。そこでは、小川がやがて大きく豊かな河となって、平野をうるおしながら流れていきます。そしてその大河は、あまたの農作物を育み、幾万もの国民を生かす命の水となるのです。

殿下のお眼に、大河は見えていたのでしょうか。あるいは、山林の中にあって、殿下の心の映像に、大河の流れるさまをご覧になったのかもしれません。

いずれにしても、このお歌の豊かな調べを味わったとき、王者としての風格を思わずにはおられませんでした。それほどに、確かにものをご覧になるお眼と、大きなお心が、このお歌にはあらわれています。

このお歌を読んで思い出されたのは、昭和天皇の御製でした。


広き野を流れゆけども最上川海に入るまでにごらざりけり

広い野をゆく最上川の悠々たる流れ、海に入るまでの清らかな流れを、堂々と詠まれています。これらのお歌を通して、一滴の岩水が集まり、小川となり、大河となり、やがて海に入る、壮大な情景が目に浮かびます。チェコの国民的作曲家スメタナの名曲「モルダウ」を聞くような、みごとなお歌です。

平成三十年（二〇一八）◉御年五十七歳

語

復興の住宅に移りし人々の
語るを聞きつつ幸《さち》を祈れり

皇太子同妃両殿下は、平成二十九年（二〇一七）十一月に宮城県名取市閖上《ゆりあげ》地区をご訪問になり、災害公営住宅の整備などの復興状況をご視察になりました。このおり、団地に入居された被災者の方々と懇談されましたが、お歌はこのおりのことをお詠みになったものです。平成三十年（二〇一八）の殿下のお誕生日記者会見で、殿下はこう語られました。

「地域の皆様の協力と、行政を含む関係者の努力により、復興が着実に進んでいることを実感し、復興に向けて歩んでこられた多くの方々の努力に敬意の念を抱きました。同時に、復興への道のりは、まだ半ばと思われ、依然として応急仮設住宅にお住まいの方を始め、不自由な生活を余儀なくされている方々のお話を伺うにつけ、心が痛みます。また、子どもたちを含め被災者の心のサポートの問題が残っていることを深く案じております」

続いて、「被災者の方々が一日も早く安心して暮らすことのできるよう、お一人一人の幸せと御健康を祈りながら、被災地の復興に永く心を寄せていきたいと思います」と語られましたが、幸せを祈られるお心がそのまま、このお歌に表されています。

この歌会始では、皇太子妃殿下も、同じときの体験をお詠みになりました。

あたらしき住まひに入りて閖上《ゆりあげ》の人ら語れる希望のうれし

「希望のうれし」というお言葉にこもる優しさ。妃殿下も、ご病気に悩まされる日々がおありとお聞きしていますが、苦しみに耐えながらも希望をもって生きている被災者の言葉に、お力を得られたのではないでしょうか。ともに寄り添い、ともに生きていく、ということを教えられる、お二方のお歌と思われてなりません。

平成三十一年（二〇一九）◉御年五十九歳

光

雲間よりさしたる光に導かれ
われ登りゆく金峰《きんぷ》の峰に

平成三十一年一月十六日、平成の御代で最後となる歌会始の儀が皇居正殿松の間で催されました。お題は「光」で、平成二十二年に続いて二度目です。歌会始のお題は天皇陛下が御自らお選びになるとのことですが、新しい御代を迎える今年は、あらためて世のすべての人々に光が照らすことを願って、お題を選ばれたのだと拝察いたします。

まもなく皇位を継承される皇太子殿下は、皇太子として最後となる歌会始のお歌を披露されました。宮内庁のホームページによれば、殿下には、高校一年生でいらっしゃった昭和五十年七月に、山梨県と長野県の県境にある金峰山にお登りになりました。当日は曇りでしたが、時々日がさす天候の中、山頂付近で、さしてくる光に導かれるように歩みを進められたときのご印象を思い出しつつお詠みになったとのことです。

金峰山は、秩父《ちちぶ》多摩甲斐《かい》国立公園内の奥秩父山塊にあり、古くから蔵王権現《ざおうごんげん》を祀る山で、標高は二千五百九十五メートル。「日本百名山」の著者深田久弥《きゅうや》は、「その山容の秀麗高雅な点では、秩父山群の王者である」と記しています。
お歌はこの名山を目指す若き日の殿下の姿を彷彿《ほうふつ》とさせますが、雲の間からさしくる光に導かれて山頂をめざされた思い出をお詠みになりつつも、新たな御代に向かって歩まれる殿下の祈りと希望をこめられたお心をしのばせるお歌です。

なお皇太子妃殿下は、天皇皇后両陛下が慈しみ育まれた東宮御所の白樺の木立が、朝の光のなかで耀くさまを美しくお詠みになりました。

大君と母宮の愛《め》でし御園生《みそのう》の白樺《しらかば》冴《さ》ゆる朝の光に

感謝をこめて詠まれたこのお歌に、これからも殿下を慕いつつ、ともに歩もうとされる妃殿下のつつましいお心が感じられてまいります。

明治神宮鎮座記念祭　御献詠

明治神宮鎮座記念祭に献じられた皇太子殿下のお歌

明治神宮鎮座六十年

ももとせの昔帝《みかど》の見ましけむ
白山《しらやま》にして我登りゆく

明治神宮鎮座七十年

朝早き函館《はこだて》港に立ちて偲ぶ
明治の帝《みかど》の御幸《みゆき》ありしを

明治神宮鎮座八十年

東京に豊かな緑のこしつつ
明治の杜《もり》は生命《いのち》はぐくむ

明治神宮鎮座九十年

かがり火に能の面《おもて》は浮きたちて
明治の杜に薪能《たきぎのう》響く

明治天皇およびそのお后《きさき》であられた昭憲《しょうけん》皇太后をお祀りする明治神宮は、大正九年（一九二〇）に全国民の崇敬を集めて創建されました。創建当日は奉祝の花火が打ち上げられ、参拝者は当日だけで五十万人にも及んだということです。

平成三十年（二〇一八）は明治維新からちょうど百五十年にあたる年でした。明治天皇は、孝明天皇崩御のあとに第百二十二代天皇として皇位を継承され、慶応四年（一八六八）三月十四日、新政府の基本方針として「五箇条の御誓文」を神前にお誓いになりました。

「五箇条の御誓文」の精神のもとに憲法が発布され、帝国議会が設立されて我が国の近代化が進められましたが、軍事力を背景とした西欧列強による植民地化の嵐が吹きすさぶ中で、我が国は日清戦争と日露戦争という国難を、挙国一致で乗りきり国家の独立を保ちました。

その時代の中で国民の苦難もありましたが、明治天皇は国民の安寧のためにさまざまにお心を尽くされました。こうして明治時代は、明治天皇に導かれた国民の不屈の努力によって発展した輝かしい時代として、世界各国から讃《たた》えられたのでした。

明治天皇はそのご生涯に九万三千首におよぶ御製をお詠みになりましたが、明治天皇御製集を拝読いたしますと、国民を慈《いつく》しまれる大御心があふれるように表されています。

明治神宮では、御鎮座（神霊がしずまっていること）を記念する祭りが年ごとに行なわれ、十年ごとの節目には、天皇皇后両陛下をはじめ皇族の方々が和歌を奉納されています。ここに挙げた皇太子殿下の四首のお歌は、そのおりに奉納されたものであり、高祖父（祖父母の祖父）となられる明治天皇をおしのびして詠まれたものです。

まず、昭和五十五年（一九八〇）十一月に行なわれた明治神宮鎮座六十年の御献詠を紹介いたします。

ももとせの昔帝《みかど》の見ましけむ白山《しらやま》にして我登りゆく

「ももとせ」は百年、「帝」とはもちろん明治天皇のこと、「見まし」の「まし」は尊敬語です。百年の昔に、明治天皇がご覧になったであろうこの白山（石川県と岐阜県にまたがる山。「はくさん」とも呼ぶ）に、私は今登っていくのだ、と往時をしのぶご感慨を詠まれています。

明治天皇は鉄道もまだ敷かれていないころ、全国へご巡幸の旅に出られましたが、明治十一年（一八七八）十月には富山、金沢、小松、福井にご巡幸なさいました。明治天皇はその旅の途中で、雄大な白山をいくたびかご覧になったにちがいありません。

皇太子殿下は昭和五十五年（一九八〇）八月に白山に登られましたが、古来より信仰の山であり、日本百名山でもある白山を仰ぎながら、明治天皇をしのばれるのでした。

次は、平成二年（一九九〇）に行なわれた明治神宮鎮座七十年のお歌です。

朝早き函館港《はこだてこう》に立ちて偲ぶ明治の帝《みかど》の御幸《みゆき》ありしを

明治九年（一八七六）七月、明治天皇は東北地方へのご巡幸のあとに、お召し艦で函館港桟橋から上陸され、函館近辺をご視察ののちに再び乗船、七月二十日に無事横浜港に到着されました。「海の日」が国民の祝日として、七月二十日になった所以《ゆえん》です。

函館の五稜郭《ごりょうかく》は、明治二年（一八六九）五月に新政府軍と榎本武揚《えのもとたけあき》率いる旧幕府軍との激戦があったところ。明治天皇はどのようなお心でこの地を訪れられたことでしょう。

その函館をご訪問された殿下は、朝早い函館港にお立ちになりながら、明治の初めの歴史、そして御幸《みゆき》（巡幸）をなされた明治天皇のお心を深くしのばれたことと思われます。

続いて、平成十二年（二〇〇〇）の明治神宮鎮座八十年のお歌です。

東京に豊かな緑のこしつつ明治の杜《もり》は生命《いのち》はぐくむ

明治神宮は都内の中心にありながら、広大な神域に神社のうっそうとした杜が広がり、首都にうるおいと落ち着きを与える貴重な存在です。

この杜の造営にあたっては、北は樺太から南は台湾まで、全国から十万本もの献木が届けられました。造園にあたっては十一万人におよぶ青年団の勤労奉仕があったということです。

特筆すべきは、森林関係者が百年後の神宮を見こして、環境に合う椎《しい》や樫《かし》などの照葉樹を中心に植樹したことで、そのおかげで森厳な代々木の杜が生まれたのです。

現在では二百三十四種類もの樹木が育ち、初夏には花菖蒲《しょうぶ》園にいっぱいの美しい花が咲き、鳥類や昆虫類をはじめ数多くの珍しい生物が生息していることが報告されています。

殿下のお歌には、東京という大都市の中にありながら明治神宮が豊かな緑を残していること、そしてその杜には多くの命が育まれていることへの感動と慈しみのお心が感じられます。

最後に、平成二十二年（二〇一〇）の明治神宮鎮座九十年のおりに献じられた殿下のお歌です。

かがり火に能の面《おもて》は浮きたちて明治の杜《もり》に薪能《たきぎのう》響く

「薪能」とは、暗くなった夜の野外の舞台で、薪を焚きながら催される能のこと。明治神宮では、毎年秋に薪能が奉納されるとのことで、平成二十二年に第二十九回を迎えました。

薪能の舞台をご覧になった殿下は、かがり火の光を受けながら、無表情な能面が生き生きとしてあらわれる妙を「浮きたちて」と表現され、夜の神宮の黒い杜に、能の鼓や笛の音が響きわたる幽玄の世界を、深い感動をもってお詠みになりました。

お歌はたくまずして、能面というクローズアップされた視点から神宮の杜の大きな視野へと移り、明から暗へ転換し、目から耳へと感覚は移っていきます。自然に、かつ簡易な言葉で詠まれていながら、能の緊張した美しさをとらえた名歌といえましょう。

殿下は、明治天皇を祀る明治神宮の尊さを、杜に息づく生命、繰り広げられる日本の伝統芸を通して、お歌に表現されたのです。

（明治神宮鎮座記念祭のお歌については、明治神宮国際神道文化研究所主任研究員の打越孝明氏にご協力をいただいた）

あとがき

和歌は、『古事記』や『万葉集』の時代以来、皇室に永々として伝わる伝統文化です。和歌は、作者の思いをそのままに伝えるものですが、歴代の天皇方は和歌によって人々と心を通わせ、国と国民の安寧を神々にお祈りになり、また和歌を詠むことをもって心と言葉を修養する大切な学問とされ、代々伝えてこられました。

天皇の詠まれる和歌をとくに「御製《ぎょせい》」と申し上げますが、明治天皇の九万三千余首をはじめとして歴代天皇の御製を集めると、その数は膨大です。

皇太子殿下もまた皇室の伝統を受け継ぎ、毎年正月に催される歌会始の儀にお歌を発表してこられました。殿下のお歌は、その内容も言葉の調べも美しいものですが、ことに殿下が常に国民とともに歩むことを心がけておられることが、お歌を通してよくわかるのです。
私は、天皇に即位されます殿下のお歌をぜひ多くの方々に味わっていただきたい、そして殿下のお心をしのんでいただきたいとの願いから、このたび本書を刊行することを思い立ちました。

本書の刊行については、公益社団法人国民文化研究会の今林賢郁理事長はじめ会員の方々に全体の編集と語句の校閲を賜り、日本青年協議会の方々に皇太子殿下についての資料提供をいただきました。展転社の荒岩宏奨氏には出版に際しましてお世話になりました。ここに心より御礼申し上げます。

平成三十一年二月二十三日　皇太子殿下お誕生日に

小柳左門（こやなぎ　さもん）

昭和23年（1948）生まれ。九州大学医学部卒。米国アイオワ大学研究員を経て、平成3年九州大学医学部循環器内科助教授。平成17年国立病院機構都城病院院長。平成25年同名誉院長。社会医療法人原土井病院院長。医学博士。公益社団法人国民文化研究会参与。NPO法人「ヒトの教育の会」会長。
著書に『親子で楽しむ新百人一首』（致知出版社）、『白雲悠々』（陽文社）、共著に『平成の大御歌を仰ぐ』（展転社）、『日本の偉人100人』（致知出版社）、『名歌でたどる日本の心』（草思社）など。

皇太子殿下のお歌を仰ぐ

平成三十一年四月十日　第一刷発行

著　者　小柳　左門
発行人　荒岩　宏奨
発　行　展　転　社

〒101-0051　東京都千代田区神田神保町2-46-402
TEL　〇三（五三一四）九四七〇
FAX　〇三（五三一四）九四八〇
振替〇〇一四〇―六―七九九九二

印刷製本　中央精版印刷

©Koyanagi Samon 2019, Printed in Japan

乱丁・落丁本は送料小社負担にてお取り替え致します。
定価［本体＋税］はカバーに表示してあります。

ISBN978-4-88656-478-8